KB043267

삼기초등학교 동시집

시는
언제나
내편이야

삼기초등학교 동시집

시는
언제나
내편이야

2018 · 서영

삼기초등학교 38명의 시인들을 소개합니다.

··· 1학년 ···

김무연 장미를 제일 좋아해서 '장미'라는 시를 썼어요.
       장미를 생각해서 읽어 주세요.

김아영 '하늘과 하늘이'는 엄마 아빠가 맨날 장난치는 걸 생각
       하며 썼어요. 재밌게 봐 주세요.

유수호 해바라기처럼 활짝 웃는 날 되세요.

홍유솔 자연을 느끼고 만든 시입니다.

··· 2학년 ···

강수창 엄마의 모습을 그대로 쓴 시입니다.

김세빈 화분을 보고 썼습니다.
       이 시가 맘에 들어서 골랐습니다.
       화분이 예쁘기 때문이에요.

박태우 텔레비전 광고를 보고 생각이 나서 '에어컨'이라는
       시를 썼습니다.

안혁주 탱크의 특징을 생각하면서 썼습니다.

오태호 집에 있는 수영장을 생각하며 쓴 시입니다.

김혜연 재미로 읽어 주세요. 재미가 없더라도 읽어 주세요.

박범우 처음엔 시 쓰기가 거짓말 글짓기 같았는데 시를 70편을 써보니 이제 시는 진짜 글쓰기란 걸 알았어요.

심태경 그냥 재미로 읽어 주세요.
동시집이 예쁘게 나오니까 기대하세요.

안수곤 엄마 아빠가 꼭 봐주면 좋겠어요. 아주 재미있게.
왜냐하면 이 시들은 내 마음으로 썼기 때문이에요.

오정현 우리 시집은 38명의 집입니다. 시를 소중하게 다루고 소중하게 시집을 썼습니다.
재밌게 봐주시고, 아주 잘 읽어 주셨으면 해요.

오상준 시를 우연히 만나게 되었는데 재밌더라고요.
그러니까 예쁘게 봐주세요.
제 시에 예쁜 마음이 들어 있거든요.

조민형 엄마 나라 베트남에 대해 썼고, 똥이란 시도 썼어요.
한 번 읽어 주면 정말 기쁘고 뿌듯할 거예요.

조호재 나의 일상과 생명이 없는 것의 마음, 나의 마음 등을 쓴 시예요. 이 시를 보며 나의 일상이 게으르지 않았다는 생각이 들면 좋겠어요.
단단히 박힌 속마음을 꺼내 시집에 담았습니다.

한평화 친구, 동생, 형, 누나들이 이 시집을 소중하게 다루고 재밌고 신나게 봐 주면 좋겠습니다. 부모님들도 재밌고 제가 성장했다는 느낌이 들면 좋겠습니다.

고한백 시집에 고양이를 못 넣어서 좋지 않긴 합니다만, '깊이 있는 동시를 쓰자'라는 저의 목적은 이루어졌으니 좋기도 합니다.

김승찬 엄마 아빠께서 이 시집을 기쁘게 보시면 좋겠습니다. 왜냐하면 뿌듯하기 때문입니다.

김정희 하루 일상에 대해서 썼습니다. 아직 초보이지만 생각대로 썼습니다.

이민우 나의 생활, 사람들과 말이 통하지 않는 생명이 살아가면서 어떤 마음일지 제 일인 것처럼 시를 썼어요.

정채원 완벽한 시를 완성하려면 오랜 시간이 걸립니다. 시는 심심할 때 쓸 수 있어요.

한지안 지안이가 쓴 시를 재미있게 읽어 주세요. 감사합니다. 엄마 아빠 사랑해요♥

강수성 가을 풍경 생각하면서 썼고, 재밌는 마음으로 썼습니다.
재밌게 봐주세요.

강민서 끄적끄적 하다가 시를 쓰게 됩니다.
이 시집을 꼭 한번 읽어 주시면 좋겠습니다.
저의 진짜 마음이 들어가 있고, 시를 읽으면 공감이 갈
수 있기 때문이에요.

안유찬 삼기초 어린이 시 회사에 어서 오세요.
저는 피카츄를 좋아합니다. 피카츄는 귀엽습니다.
그러니 제 시도 피카츄처럼 봐주세요.

박건우 처음 시를 만나게 된 날은 지루할 줄 알았는데, 시간이
지날수록 저에게 시는 특기가 되었습니다.
시 수업 시간이 되면 생각이 뿜어져 나오고, 시가 뿜어
져 나옵니다. 시 수업은 끝났지만 글의 냄새가 남아 있
습니다. 앞으로도 더 많은 시를 쓰고 싶습니다. 시 나라
를 빛내는 38명의 아이들이 심혈을 기울여 만든 시집,
재밌게 봐주시면 좋겠습니다.

정채은 나중에 내가 쓴 시를 읽게 된다면 공에 대하여 생각하
게 됩니다. 내 일상도 공이 굴러가는 것 같습니다.
시를 점점, 서서히 재미있게 읽어 주세요.

··· 6학년 ···

김동하 이 시는 가족과 친척들이 재미있게 읽어 주면 좋겠습니다. 제가 정성스럽게 쓴 시이니까요.

오하린 어렸을 때 저는 시를 많이 쓰고 표현도 많이 했다고 합니다. 그런데 크면서 표현하는 게 많이 서툴러졌어요. 다시 시를 쓰면서 표현하는 것이 늘게 되었고요.
이 시집을 보는 여러분도 시를 읽고 쓰면서 표현력이 늘면 좋겠습니다. 이 시집을 읽을 땐 잠시 여유를 준비해 주세요. 지금 당장 쉴 용기가 있다면 이 시집을 당장 읽을 수 있습니다.

이수혁 '실패는 시작', '아, 망했다', '이상한데 다시 만들어야지', '난 소질이 없어'라는 생각을 하지 말고 밀어붙이면 성공합니다. 이 시를 읽으면 알게 될 겁니다.

이지해 우리 생활 속에 있는 것을 시로 나타내고, 제 시를 읽는 사람들이 모두 재미있어 하고 계속 생각나게 만드는 시를 쓰려고 노력했어요.
여러분을 위해 창의력을 발휘해서 멋진 시를 썼습니다. 이 시집을 읽고 여러분들도 시를 써보세요.

조승연 저의 시는 실제로 많이 있었던 일, 저만의 공간에 대해 썼어요. 여러분에게 있었던 일과 비교해 보시고 재밌게 즐겨 주시면 감사하겠습니다.

조유진 이 시들을 감성적으로 보면 좋겠고, 제가 마음으로 썼기 때문에 예쁘게 봐주시고 진짜 감성을 담아 읽어 주세요.

조주환   제가 쓴 시는 제 기분을 담았고 사람들한테 보내는 메시지입니다.

최지윤   언젠가는 어른이 될 아이들에게, 예전의 아이들에게 이 시집을 바칩니다.

한자연   시 하면 다가오는 느낌이 막막하고 답답하기만 했습니다. 그런데 바쁜 일상, 힘들고 지치는 인간관계 속에서 날 품어 주는 것이 시였습니다. 시를 잘 쓰는 것도 시를 엄청나게 좋아하는 것도 아닌데 시를 쓰다 보면 너무 행복하고 평온해졌습니다. 아무도 모르진 않지만 아무도 말해주지 않는 슬픔과 우울함을 이 책에 풀어놓고 싶었습니다. 많은 분들이 이 시를 읽으면서 공감하고 위로가 되길 바랍니다.

차 례

6학년

시 / 그림

김무연, 김아영, 유수호, 홍유솔

1학년

장미

- 김무연

너무 멋있는
장미

한 번
만져 보니까
가시가
너무 많다

그래도 멋있는
장미.

씨앗

- 김무연

씨앗을
심었는데
안 자란다

물을 줘도
안 자란다
짜증난다

해를 비췄다.

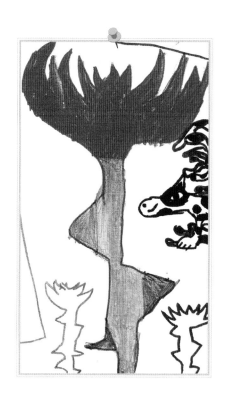

하늘과 하늘이

- 김아영

하늘은 위에
하늘이는 아래에

엄마 아빠는
내가 하늘에 비 온다 하면
하늘이는 아래 있는데 라고

하늘이는 개고
하늘은 자연

엄마 아빠는
만날 장난친다.

연필

- 김아영

연필 중의 연필 색연필
굵은 색연필
가는 색연필
색도 여러 가지
종류도 가지가지
쓰고 쓰면 줄어들어
몽당연필 긴 연필
길이도 여러 가지

깎으면 아파
그만 해!

라면

– 유수호

아빠랑
라면을 먹었다
완전 맛있었다

달콤 라면
매운 라면.

엄마 사랑해요

- 유수호

해바라기
코스모스
엄마에게 줘요.

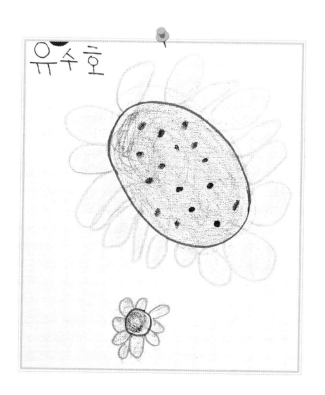

나무

- 홍유솔

나무는
무궁화꽃이 피었습니다
잘하는 친구

모든 새가 오는 친구
새가 반가워하는 친구

나무는 신났어
재미있는 파티

모두 신나서
모두 야호.

스노우 볼

- 홍유솔

스노우 볼이
반짝반짝

내꺼는
야광 스노우 볼.

시 / 그림

강수창, 김세빈, 박태우, 안혁주, 오태호

2학년

엄마

- 강수창

난로 같이
따뜻해요

안고만 있어도
따뜻해요

옆에만 있어도
따뜻해요.

라볶이

– 강수창

분식점에서 라볶이
집에서도 라볶이

많이 먹어도 안 질린다
계속 먹고 싶다

엄마 라볶이
아빠 라볶이

다 맛있다
언제 먹어도 맛있다.

계단

– 강수창

올라갈 때마다
쿵쿵쿵
올라가기 힘들다

내려갈 때마다
미끌미끌
내려가기 재밌다.

고양이

- 김세빈

너를 보듬고 자고 싶다
부들부들
기분이 좋아질 거야

너랑 풍선터뜨리기 하고 싶다
펑펑 시끄럽게
놀 거야

너랑 껌 먹고 싶다
딱 달라붙을 거야
단짝친구처럼.

화분

- 김세빈

햇빛이
많이 들어오는
창가에

초록 다육이가
쑥쑥
자라고 있다

쑥쑥
더 자라면
좋겠다.

연필

- 김세빈

쓱쓱쓱 소리
길쭉 동그라미

나무에서
태어났어요

나랑 매일
공부 시작해요

나처럼
똑똑할 거예요.

똥

똥은 좋아
똥은 거름이니까

흙의 밥이야
흙은 지렁이 밥이야.

에어컨

- 박태우

신상품 에어컨
인공지능
시원한 에어컨
전기값만 없으면
좋겠다

그 대신
산소 줄게.

강아지풀

- 박태우

간질 간질
간지러워요

팔랑 팔랑
헬리콥터 같아요.

4

강아지

- 안혁주

복실이는
왈왈왈
짖는다

모니카는
참 귀엽다

강아지는
이름이
다르다.

탱크

– 안혁주

트럭보다 큰 탱크
진한 초록 악어 같다
탱크는 바퀴가 여러 개
미사일은 칠판만큼 큰 미사일.

민들레꽃

– 안혁주

보들보들
노란색 꽃

윙윙
벌이 꿀 먹으러
날아와요

훨훨
하얀 나비도
날아와요.

수영장

- 오태호

바다 같은 곳
행복하게 해주는 곳
남극
물 공장
따뜻하면 온천

언제나 해도 좋다
또 해도 또 해도
한 번만 한 거 같다
들어가면
시간 가는 줄 모른다.

의자

- 오태호

의자는 움직여
의자는 쿵쿵
의자는 편리해
의자는 친구
의자는 니은.

고양이 친구

- 오태호

고양이랑 쥐잡기 하고

윷놀이랑 산책도 하고

고양이랑 껌 씹고

칼싸움도 하고

차도 타고

그림도 그리고

책도 읽고

동시도 쓰고

같이 자고

같이 축구하고

농구도 하고

과학도 하고 싶다.

시 / 그림

김혜연, 박범우, 심태경, 안수곤, 오상준,
오정현, 조민형, 조호재, 한평화

3학년

껌

- 긴혜연

입 안에 들어가면
쫀득쫀득 쫀득이 같아
너무 맛있어

이 세상 껌들을 합치면
엄청 크게 될 거야

껌이 데굴데굴 구르면
세상 사람들은
껌에게 붙을 거야.

뱃살 씨

- 김혜연

뱃살 씨!
제발 나오지 마세요
친구들이 보면
뱃살 튀어 나왔다고 놀려요

뱃살 씨!
학교에서 튀어 나오면
뱃살 씨 당신을
집어넣을 거예요
다이어트 해서.

어이없어

- 김혜연

내 용돈으로 산
아이스크림
한 입 할짝

아이스크림이
땅으로 뚝!

내 용돈으로 산
아이스크림이 아깝다.

소리

– 박범우

내 안에는
소리 신문이 들어 있다

그 신문은
사람들이 싫어한다

소리는
사건이다.

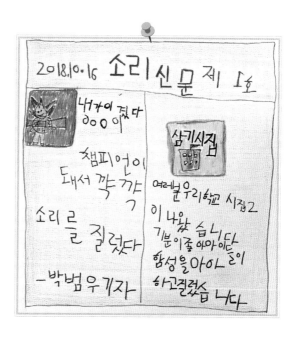

허수아비

새떼 쫓으라 했는데
친구 그리며
서 있다

하루 종일 한 발로
묘기 부리며
서 있다

새가 귀찮아서
그냥 팔 벌리고
서 있다

사람이랑 놀고 싶은데
못 놀아서
슬프다

사람이 사는
세계로
가고 싶다

사람하고
이야기하고
놀고 싶다.

할아버지

– 박범우

할아버지는 아파
병원에 계시는데

할머니 얼굴에서도
할아버지가 보이고

엄마 얼굴에서도
할아버지가 보이고

삼촌 얼굴에서도
할아버지가 보이고

형아 얼굴에서도
할아버지가 보인다.

의자

- 심태경

의자는 매일 힘들겠다
방귀 엉덩이의 악취를 맡고
뜨거운 물, 차가운 물 맞고
자지도 못 한다
근무를 하기 때문이다

의자는 방학이 있을까
휴일이 있을까
물을 먹을 수 있을까
너무 궁금해서 잠이 안 와

아빠가 앉으면 푸욱
엄마가 앉으면 평범

의자는 더러워지고 까져도
일을 해야 돼?

책상

책상은 눌리고
무거운 것 들고
주먹으로 맞고
더러워지고
외롭고
방학도 휴일도 없고
스트레스 해소 방에서 부서지고
쓰레기장 가고
구멍이 뚫어진다

"나 좀 그만 괴롭혀!"

52

오래

- 심태경

오래 살고
오래 먹고
오래 하고
오래 학교 다니고

'오래' 라는 것은
정말
인생에 꼭 필요한 거야.

축구

- 안수곤

세계 안에는
축구장이 있다
축구장에는
응원하는 사람과
축구 선수와
심판이 있고
축구 선수 안에는
축구공이 있고
축구공 안에는
노력이 있다.

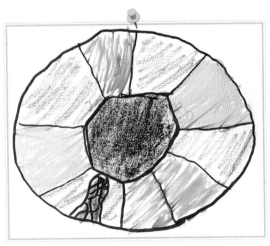

필통

필통은
집이다

바로
연필의 집이다
지우개의 집이다

필통이 없으면
연필의 집이 없다
지우개의 집도 없어진다.

우주

- 안수곤

우주는 신비롭다
우주는 신비로우면서
궁금하다

우리가
우주를 갈 수 있나
내 꿈은 우주 비행사

우주를 돌아다니면
아프지 않을까
사고나지 않을까

그래도 내 꿈은
우주 비행사.

풍선껌

- 오상준

풍선껌은 신기해
바람을 불면 크게 돼

한 개 씹으면 쉬워
두 개 씹으면 어려워
세 개 씹으면
내가 풍선껌을 먹는 게 아니라
풍선껌이 나를 먹는 것 같아.

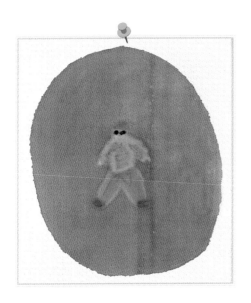

처음

– 오상준

모든 건
처음부터
잘하지 않아도 된다.

라면

부글부글
맛있는 냄새가 솔솔
한 젓가락 먹어 보면
기절할 것 같다

아~ 먹고 싶어
아빠한테 조르고
엄마한테 조르고

둘 다 "안 돼, 안 돼!"
그러면
구불구불 파마머리
할머니랑 놀아야지.

큰 빗방울

- 오정현

큰 빗방울 맞으면
이런 생각이 든다

큰 빗방울 코에 맞으면
콧등이 시원하면서
코가 막히고

큰 빗방울 입에 맞으면
물 마시는 것처럼
목구멍까지
시원해진다.

삼겹살

오늘은
삼겹살이 땅긴다
으아, 먹고 싶어

엄마, 삼겹살 5인분 사줘
엄마 바빠!
아빠한테 사주라고 해
아빠, 삼겹살 5인분 사줘
안 돼, 아빠 바빠!

흐어어엉
먹고 싶은데…
에라, 돼지 그려야지

돼지 그리니까
삼겹살 생각난다.

강아지 여자 친구

- 우정현

검둥이가 오늘은
집에 안 들어온다
왜 안 들어오지?

엄마가 찾아봤다
방울소리가 나더니
보건소 뒤에서
검둥이를 찾았다
다른 강아지랑 놀고 있었다

엄마한테 혼났다
"누가 이 밤중에 돌아오래!"

밖으로 나가는 구멍을 막았다
다른 구멍으로 나가더니
못 들어왔다

그래서 막는 곳을
안 막았다

사라진 줄 알았는데
안 사라져서 다행이다.

강아지풀

- 조민형

간질간질
강아지풀

왜
강아지풀일까?

강아지풀
만지면

기분도
보들보들.

똥

더러운 똥에는
파리가 있고
똥은 냄새가 지독해
그래도 꼭 필요한 똥

똥은 농산물을
좋게 만들어
내가 좋아하는 과일에도
똥이 들어가
수박을 맛있게 해줘
똥 똥 똥 ~.

베트남

놀이기구는 없고
축제만 있어서
좀 심심해요

그래도 동생이 있어서
난 괜찮아요

가족이 14명이어서
더 좋아요.

산에서 살자

- 조호재

서울은 곡성에서 너무 멀어
도시라서 길이 막혀
산이 거의 안 보여
하지만 아파트 뒤엔
산이 있겠지

아파트에서 살까
산에서 살까
산에서 살자
산은 맛있는 게 많으니까

서울 남산 타워는 높다
서울에서 살고도 싶다
하지만 산은 힘이 세
산은 재밌는 게 많아

산에서 살자.

돌멩이 씨

– 조호재

돌멩이 씨
움직일 수 없어
불편하지 않나요?

돌멩이 씨
말을 할 수 없어서
불편하지 않나요?

돌멩이 씨
사람들에게 밟혀서
기분이 나쁘지 않나요?

돌멩이 씨
소리를 들을 수 없어서
소리를 듣고 싶지 않나요?

-괜찮습니다.

나

- 조호재

나는 인간이다
나는 영웅이다
나는 배우다
나는 팬이다
나는 일을 한다
나는 군대를 간다
나는 과학자다
나는 발명가다
나는 친구다
나는 유투버다
나는 소설가다
나는 용이다
나는 대통령이다
나는 까까머리다
나는 기계다
나는 행성이다

나는 악당이다

나는 늑대인간이다

나는 연예인이다

나는 선수다

나는 나다

나는 힘이 세다

나는 특수부대다

나는 어린이다

나는 사춘기다

나는 병이다

나는 음악가다

나는 무엇일까.

기타와 우쿨렐레

- 한평화

징징
어?
무슨 소리지?
나야 나
기타야

따라랑 따라랑
어?
또 무슨 소리지?
나야 나
우쿨렐레야

징징 따라랑 따라랑
어?
무슨 소리지?

우리야 우리
네 음악 친구야.

책벌레

– 한편화

사각사각 소리 내면서
책을 읽는 벌레

책과 친해서
떨어지지 않는구나

책과 매일
함께 하는구나.

지렁이

– 한평화

뽁!
꿈틀꿈틀

아이~
눈부셔

꾸물꾸물
지렁이 씨가
꼬물꼬물
귀엽게도
나옵니다.

시 / 그림

고한백, 김승찬, 김정희, 이민우, 정채원, 한지안

4학년

테이프와 통일

― 고한백

한반도는
찢어진 종이와 같다

언제쯤 만날지
아무도 모르는
찢어진 종이와 같다

통일은
테이프와 같다

마음만 먹으면
언제든 붙이는
테이프와 같다

우린 붙기 시작했다
힘내자!

삼중 인격

- 고한백

세 사람이
한 집에 산다

한 사람은 나쁘고
한 사람은 착하고
한 사람은 괜찮다

우리들은 다
서로 돕는다.

천국에서의 대화

- 고한백

군인아저씨,
전쟁에서 지면 어때요?

-넌 전쟁에서 지면 어떠니?

너무 슬프고 화나요

-네가 느끼는 감정의 천 배 정도가
내가 느끼는 감정이란다.

달토끼

- 김승찬

달토끼는 뭘 먹을까?
당근을 먹을까?
달토끼는 무슨 일을 할까?
떡을 찧을까?
달토끼는 뭘 좋아할까?
달토끼니까 토끼와 달을 좋아할까?
달토끼는 회사에 다닐까?

바람

- 긴승찬

그네로 바람이
살랑살랑 불어
시원해서 좋아

앞뒤로 바람이
후욱 불어
시원해서 좋아

대각선으로 바람이
쉭쉭 불어
시원해서 좋아

움직이면서 바람이
술술 불어
시원해서 좋아.

처음

- 김승찬

처음으로 태어났다
처음으로 나의 얼굴을 보았다
처음으로 놀랐다
처음으로 초등학교, 중학교, 고등학교, 대학교
를 갔다
처음으로 욕을 썼다
처음으로 어른이 되었다
처음으로 유투버 일을 하였다
처음으로 할아버지가 되었다
처음으로 100살이 되었다
처음으로 죽었다
처음으로 하느님과 말을 하였다
아주 좋은 인생이었다.

달

- 김정희

보름달 보면
계란프라이 생각난다

보름달을 계속 보면
또 보게 된다

시간이 지나면
달이 바나나가 된다

또 시간이 지나면
둥근 달로 변한다.

정희 하루

- 김정희

일어나고

씻고

밥 먹고

준비하고

엄마 차 타고 학교 가서 공부하고

복지관 가고

집 가고

똥 싸고

밥 먹고

놀고

씻고

잠자고

일어나서

또 정희의 하루가 된다

정희의 재미없는 하루

끝.

철봉

– 김정희

철봉은
재밌다

철봉에 매달리면
시원하다

나는
철봉이 좋다

오늘도
철봉에 매달리고 싶은 기분이다.

줄무늬 없는 호랑이

- 이민우

줄무늬 없는 호랑이는
젊은 호랑이

줄무늬 없는 호랑이는
쓸쓸한 호랑이

줄무늬 없는 호랑이는
깨끗한 호랑이

줄무늬 없는 호랑이는
혼자지만 행복하고 착한 호랑이.

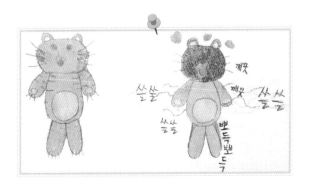

구멍 달

큰 구멍 작은 구멍 있는
구멍 달

구멍 달은 아픈 달
큰 돌들이 부딪쳐서
아픈 달

구멍 달은 얼룩 달
얼룩덜룩 구멍들이
구석구석 있어서
얼룩 달

구멍 달은 멋있는 달
멋진 구멍들이
멋지게 만들어줘
멋있는 달.

고요한 방

- 이민우

혼자만의 시간이 필요해
저기도 시끄럽고
또 다른 데도 시끄러워

혼자만의 시간이 필요해
고요한 방으로 들어가
잠을 자

누구의 말도 듣지 않아
오직 나의 숨소리만 들어
참 조용해.

보름달

- 정채원

동글동글 보름달

멀리서 보면 노란색

가까이서 보면 회색

왜 회색일까?

내가 보름달을 만든다면

파란색으로 만들어야지

보름달에 있으면

무슨 느낌일까?

동그란 구멍이 있네.

동그라미

- 정채원

동글동글
동그란 우리집 시계
째깍째깍
돌아가네

동글동글
동그란 내 축구공
이리저리
굴러다니네

동글동글
동그란 아빠 자동차 바퀴
어딜 그리 가는지
힘차게 가네.

우리 집 강아지

- 전채원

믿음이는 귀여워
안으면 따뜻해
강아지는 소중해

소망이는 왈왈 짖어
진돗개 같은
소망이

사랑이는
화분을 깨트려도
소중해.

달

– 한지안

동그란
보름달 보면
배고파요

먹으면
내가
달이 돼요.

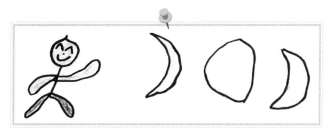

아빠

- 한지안

아빠는
학교 형아들 공부를 가르쳐 줘요

아빠는
자동차를 운전해요

아빠가 안경 쓰면
유재석 닮았대요

아빠랑 전주 동물원 갔어요
전주 동물원에서 동물을 봤어요
곰도 보고 다녔어요.

할아버지

– 한지안

할아버지
따가워요
턱수염 때문에요

할아버지 좋아요
멋져서요

할아버지 사랑해요
선물 사주니까요.

시 / 그림

강수성, 강민서, 박건우, 안유찬, 정채은

5학년

개미

- 강수성

꼼지락 꼼지락 개미
이리 갔다 저리 갔다
정말 바쁘게 일하는 것 같아

먹이 나르며
땅굴 속으로 미로 찾기

자기 집을 찾아
먹이 두고
다시 일하러 가는 개미.

가을 길

- 강수성

꾸불꾸불
주황색 밭길

나도 토리도
같이 달리니

하늘도 바람도
다 같이 달리네.

단풍잎

- 강수성

닭발처럼 생긴 단풍잎
가을이 되면
떨어지는 단풍잎

올해는
몇 개나
떨어질까?

떨어지면
닭이 발자국을 남긴 것 같다.

수영

- 강민서

어푸어푸
수영을 하면
물을 먹을 수도 있고
코로 물이 들어갈 수도 있어

그럴 때마다
퉤퉤
소리가 들려

그럴 때마다
뻐끔뻐끔
금붕어가 될 것 같아.

가을 하늘

- 강민서

가을 하늘에
까치가 오고
단풍이 떨어진다

벼는 노랗게 익어가고
고추잠자리는 가을 하늘을
폴폴 날아다닌다

단풍과 까치
벼와 고추잠자리도
일을 할까

이렇게 날아다니고
익어 가는데.

게임

- 강민서

핸드폰 켤 때
시간이 날 때
심심할 때

할 게 없어
게임에
들어간다

그러면서
짜증내는 건
바로 나!

사진

- 박건우

사진 속의 내가
지금 커 가는 나를
바라보고 있다

과거의 내가
나에게 말을 건다
잘 컸구나

나도 사진 속의
나를 바라본다

기억이 새록새록
추억 반
반성 반.

아기 고양이

- 박건우

엄마가 낳자마자
버리고 간 아기 고양이

개미가 뜯어 먹으려 했는데
선생님이 구해 주고
목욕도 시켜 줬다

지금은 과학실에 있는
아기 고양이
내가 키워 주고 싶다.

수학

더했다가 뺐다가
뺐다가 더했다가
곱했다가 나누었다가
나누었다가 곱했다가

구불구불
날 어지럽게 하는
심술쟁이야

이쪽에서 와글와글
저쪽에서 우글우글

왜 태어났니?
말 많은
수다쟁이야.

친구

- 안유찬

친구는
고무줄 같아요

우정이
질기니까요

싸울 땐
사이가 멀어졌다가

화해하면
금세 줄어들어요.

지우개

- 안유찬

나는 무엇이든 지울 수 있어
틀린 것도 지우고
글씨도 지우고
영어도 지우고
나는 무엇이든 지울 수 있어

앗!
이건 왜 안 지워지지?
내 마음속에 있는
창피한 시험지.

웃음 찾기

웃음 찾기는
참 쉬워

무거운 짐을 진
할머니 도와주고
길 잃은 아이
엄마에게 데려다 주고

웃음 찾기는
참 쉬워.

괜찮아

실패해도
괜찮아

울어도
괜찮아

나를 싫어해도
괜찮아

학교에 안 와도
괜찮아

집에 혼자 있어도
괜찮아

장난감이 망가져도
괜찮아.

공

- 정채은

데굴데굴
굴러다니는
공

통통거리고
팅팅거리고

이리 갔다
저리 갔다

바람 타고
나뭇가지와
하이파이브 하네.

할머니

주름진 미소 띄며
반갑다고 맞아 주네

새하얀 머리에는
구슬땀이 흐르고

굽은 허리 펴 가며
부엌으로 달려가서

부르튼 양손 가득
먹을거리 내어 오네.

시 / 그림

김동하, 오하린, 이수혁, 이지해, 조승연,
조유진, 조주환, 최지윤, 한자연

6학년

무지개

- 김동하

학교에서 돌아오는데
무지개가 활짝
피었다

무지개는
진짜
예쁘다

빨, 주, 노, 초, 파, 남, 보
여러 가지 색깔이 모여
너무 아름답다

한번 무지개 미끄럼틀을
타 보고 싶다.

비

- 김동하

나는 비가 좋아
많은 추억이 있거든

비 올 때는 둘째 오빠랑
우산 쓰고 밖에 나가
맨발로 물장난도 하고
우렁이가 내려오면 잡기도 하고

나는 오빠랑 노는 게 좋아
지금은 안 놀지만
좋은 추억이야
또 놀면 좋겠어.

가고 싶을 때

- 긴동하

나의 꿈속의 방
이름은 토끼의 방

가고 싶을 때는
엄마가 잔소리할 때
슬플 때
재미없을 때

거기에 들어가면
꿈속에 온 것 같아.

숨바꼭질

- 오하린

하나, 둘, 셋, 넷…
숨바꼭질 시작

뜨거운 햇빛 아래
열심히 뛰어 논다

하나, 둘 찾다보면
땀이 뻘뻘
얼굴이 화끈화끈

못 찾겠다 꾀꼬리!
숨바꼭질 장인들이 하나 둘 나온다

그런데 해야!
너도 좀 숨어 주면 안 되겠니?

바람

- 오하린

햇살을 타고 내려오는
따뜻하고 포근한
엄마 같은 바람

은행잎 민들레씨 단풍잎을
데리고 다니는
선생님 같은 바람

태풍 천둥 번개 비구름을
데리고 다니는
무서운 마녀 같은 바람.

내 안에는 우주가 있다

- 오하린

내 안에는 거지가 있다
먹어도 먹어도 배가 고프다

내 안에는 망상가가 있다
매일 상상과 꿈을 꾸느라
매일 멍을 때린다

내 안에는 '제2의 나'가 있다
주위 사람들이 아는
그리고 내가 아는 나 자신
이와 다른 나, '제2의 나'가 있다

그리고 이 모든 걸 담을 수 있는
내 안에는 우주가 있다.

하얀 털

- 이수혁

검은 강아지가
하늘을 봐요

검은 강아지가
다른 강아지들과
어울리지 못해요

하늘에서 눈이 와요
검은 강아지 몸에
눈이 내리더니
하얀 털이 돼요

이제 백구가 되어
다른 강아지들과 놀아요.

컴퓨터 프로그램

- 이수혁

컴퓨터를 하다가
생각하게 되는 것

프로그램은
어떻게 태어날까?

프로그램을 만들어
생명을 넣어주는
신기한 사람들

프로그램만 만들다 보니
달님이 떠오르네
신기하게 보이네

다시 얼굴을 돌리니
엄마가 생겼네.

느낌표

    - 이수혁

'!'는 왜
느낌표일까

놀랄 때 자주 쓰는
이것을

놀람표도 아니고
왜
느낌표일까
알쏭달쏭.

신기한 지우개

- 이시해

지우개는 잘못 쓴 글씨를
지워 버릴 수 있어
근데 이 신기한 지우개는
얼굴에서 마음에 안 드는 곳을 지우고
자기가 원하는 얼굴로 그릴 수 있지
그 지우개를 이용해 보았지
하지만 일주일 후가 되고
원래 내 얼굴이 그리웠어
그래서 결심했지
다시 내 얼굴을 찾자고
내 얼굴이 돌아와
거울을 보니 정말 좋았어
나는 내 얼굴이 정말 좋아.

여름에 일어난 지렁이 사건

- 이지해

햇빛이 쨍쨍한 여름에
지렁이가 꾸물꾸물 거리며
돌아다니고 있었다
수혁이가 지윤이와 나를 불렀다
지렁이가 말라서 죽을까 봐
우리가 풀 속으로 보냈다.

은행잎 놀이동산

- 이지해

은행잎 놀이동산은
은행잎이 수없이 많아

친구들과 은행잎을
수북이 모아
풍덩!

또 무얼 해볼까
친구들과 은행잎을
또 수북이 모아
위를 향해 날려

노란색 눈이
소복소복
내리고 있네

은행잎 놀이동산은
정말 재밌다니까.

쿵쾅 쿵쾅

아파트 층간 소음 소리는
쿵쾅!

아랫집 사람이 올라오는 소리도
쿵쾅!

위집 사람이 혼나는 소리도
쩌렁쩌렁!

아랫집으로 내려가는 소리도
쿵쾅 쿵쾅!

나만의 공간

- 조승연

사람들이 가장 좋아하는
놀이공원이 좋아

사람들이 얼마나 기분 좋은지
관람해 보고 싶다

나는 관람차
누구도 없이 혼자
모든 걸 할 수 있는 관람차

놀이공원
나만의 공간이 좋다.

부모님이 웃는 모습

- 조승연

부모님이 맨날
화내는 모습
원숭이가 가슴을 치며
화내는 모습

부모님이 맨날
웃는 모습
누가 봐도
꽃에게 물을 주는
행복한 모습.

변화

- 조유진

우리들은 꼭 한번씩
변해

성격, 외모, 좋아하는 것 등
변해

안 변하는 사람은
아무도 없어

너희들은 무엇이
변한 것 같아?

나의 변화는
좋아하는 남자 아이돌이 생겼지!

포메라니안

- 조유진

부드러운 털
솜사탕 같고
인형 같아
안고 싶어

애교를 부리니
동생 같아

작고 귀여운 얼굴
너무 너무 좋아

내가 잠시 없는 사이에
숨어버렸어

어디 있지?
찾았다!
인형들 사이에서.

내 마음은 비

- 조유신

마음에
먹구름이
가득

점점 비가 온다
점점 거세진다

울부짖는 건
번개이다.

비행기

- 조주환

펠리칸처럼
먹이를 잔뜩 채우고
날아간다

거대한 날개를
햇살과 바람에 펼치고
날아간다.

여름

- 조주환

밖에 나가서 놀아
열심히 노니까 땀이 나
덥지만 계속 놀고 싶어

선생님이 들어가자고 하니까
우리들은 머리에서 나는 게
눈물이라고 우겨.

은행잎

- 조주환

가을에 은행잎이
우박처럼 떨어진다

친구들이랑 한 바가지 모아서
하늘로 던진다

은행잎 우박이
따갑게 떨어진다

새털처럼
느낌도 안 날 줄 알았는데
왜 그럴까?

지난 여름에 사람들이
은행나무 가지를 잘라낸 것이
화가 나서 그럴까?

가족

- 최지윤

엄마는 요리사여서
빨리 출근하느라
바쁨 바쁨

아빠는 회사를 쉬니까
힘듦 힘듦

오빠는 살 빼느라
열심 열심

나는 공부하느라
어렵 어렵.

나에겐 없어서는 안 되는 안경 친구

- 최지윤

나에게는 아주 소중한
친구가 있어
반짝반짝하고 아름답지 그 친구는
안경만큼이나 좋은 친구야 그 친구는
동글동글한 안경알이야
나는 안경알 왼쪽이고
너는 안경알 오른쪽처럼 꼭 붙어 있는
유일한 친구야 나에겐
절대로 없어서는 안 되는
친구.

뱃살

아침에 허겁지겁 한 그릇 뚝딱
아침은 살이 찌지 않았어
그러자 점심에 꼬르륵 꼬르륵
뱃속에서 요동을 치지
밥 달라고
참으면 참을수록 점점 더 진동하지
식은땀은 주르륵
점심식사를 하려고 뚜껑을 여는 순간
밥을 네 그릇이나 뚝딱
밤이 되자 고기를 3인분이나 먹었어
꾸르륵
아, 배부르다
체중계에 올라가 볼까
뱅글뱅글 돌아갔어
덜컹!

나뭇잎

- 한자연

나뭇잎은 아기인가 봐
뭐든 다 해줘야 하는 아기

새벽에 이슬 먹여 주고
아침에 햇살 먹여 주고
낮에 바람 불어 주고
밤에 비로 목욕시켜 주고

나뭇잎은 아기인가 봐
정말 귀여운 아기

바람이 불어오면
살랑살랑 춤추고
해님이 얼굴 내밀면
방긋방긋 웃는다.

145

시간

- 한사연

시간은 나의 적
더 놀고 싶은데
벌써 밤

시간은 나의 적
더 자고 싶은데
벌써 아침

시간 하나 상대하기도 벅찬데
엄마까지 달라붙으니

나는
시간의 노예.

나에게 너란

- 한자연

나에게 너란, 따뜻한 봄볕이고
나에게 너란, 시원한 가을바람이고
나에게 너란, 노력으로 흘린 땀이고
나에게 너란, 맞잡은 손의 따뜻한 온기인데

너에게 나란, 차가운 구름이고
너에게 나란, 매서운 눈보라고
너에게 나란, 실수가 낳은 흔적이고
너에게 나란, 뿌리친 냉기인 것 같아.

닫는 말

시의 나라에 오신 걸 환영합니다

시 수업 때마다 아이들에게 마법의 주문을 건 풍선껌을 줍니다. 이 껌을 씹으면 3분 안에 머릿속이 보들보들해지고 시를 쓰고 싶은 마음이 풍선처럼 부풀어 오를 거라고 말하죠. 껌을 씹으며 보드라워진 우리는 먼저 그 날 그 날 주제에 대한 서로의 생각을 나눕니다. 좋아하는 것, 감사 일기, 꿈, 가장 행복했던 순간, 지금 내 머릿속을 맴도는 것들….

이런 마음 열기 시간은 시의 문을 여는 좋은 방법입니다. 열린 마음으로 시의 문을 연 우리는 동시집의 시, 상을 받은 어린이 시를 읽고 감상을 자유롭게 이야기하는 시간을 가집니다. 이쯤 되면 아이들은 시가 쓰고 싶어서 안달이 나죠.

"시 언제 써요?"

"또 한 편 써도 되나요?"

아이들은 종종 기발한 시어들을 툭툭 내뱉곤 합니다. 쫓아다니며 주워 담아 종이 위에 뿌리면 바로 훌륭한 시가 될 그런 말들을. 시를 쓰는 어른들도 몇 날 며칠 머리를 싸매도 나올 수 없는 표현들을 아이들은 단 5분, 10분 만에 써 내곤 하죠. 아이들이 쓴 시 세상은 아무리 동심 충만한 어른 시인이라도 결코 흉내낼 수 없는 세계입니다. 그렇기에 아이들의 시에서 어른들이 쓴 동시의 시적 기교를 넘어서는 생동감을 느낄 수 있습니다. '순간의 꽃'과도 같은 시의 특징이 살아 있는 거죠.

시는 글로 그린 그림입니다. 사람과 사물을 바라보는 아이들의 호기심이 세심한 관찰력과 생동감 있는 언어를 만나 풍성한 세계를 그림처럼 펼칩니다.

시에는 설레고 기쁘고 예쁘고 좋고 행복하고 재미나고 신나는 것만 담는 게 아닙니다. 짠하고 슬프고 속상하고 쓸쓸하고 외롭고 미안하고 창피하고, 누구에겐 더럽고 이상하게 느껴지는 것도 솔직하게 담겨 있기에 공감과 감동을 줍니다.

시를 쓰는 일은 나 자신은 물론 타인, 다른 존재와 공감하고 소통하는 것입니다. 공감과 소통은 사랑이 밑바탕에 깔려 있죠. 아이들은 시 속에서 나 자신, 가족, 친구, 선생님, 강아지, 고양이, 지렁이, 나무, 의자, 연필, 지우개 등 생물과 무생물을 구별 짓지 않고, 살아 있는 것으로 대하고 대화를 나누기도 합니다.

이렇게 우리 아이들이 온몸으로 쓴 시를 대할 때는 김사인 시인의 말처럼 '시를 일으켜 세워' 한 편 한 편을 인격체로 보고, 온몸으로 읽어야 합니다. 삼기초등학교 동시집 〈시는 언제나 내 편이야〉는 아이들 저마다의 색깔이 있는 시, 시인의 목소리를 그대로 내는 솔직발랄한 시, 말의 힘이 느껴지는 시이기에 아이들은 물론 어른들의 마음까지 사로잡기에 충분합니다.

이 시집은 '여러분과의 만남으로 늘 완전해지려고 하는 언제나 미완성의 작품'(옥타비오 파스)입니다. 자, 이제 이 시집을 읽고 있는 여러분도 시인이 될 시간입니다!

– 2018년 시가 익어가는 10월의 마지막 날에, '시 선생님' 정은희

시는 언제나 내편이야

1판 1쇄 : 인쇄 2018년 12월 15일
1판 1쇄 : 발행 2018년 12월 20일

지은이 : 삼기초등학교 시 창작부
펴낸이 : 서동영
펴낸곳 : 서영출판사

출판등록 : 2010년 11월 26일 제 (25100-2010-000011호)
주소 : 서울특별시 마포구 성미산로 187, 아라크네빌딩 5층
전화 : 02-338-7270 팩스 : 02-338-7161
이메일 : sdy5608@hanmail.net

그   림 : 삼기초등학교 시 창작부
디자인 : 이원경

ⓒ2018 삼기초등학교 시 창작부 seo young printed in seoul korea
ISBN 978-89-97180-79-0 04810